KB275213

일기

일기

한동심 시집

개미

2025년 대한민국장애인창작집필 선정 작품으로 김운용 『고백』, 복선숙 『문턱』, 한동심 『일기』가 선정되었습니다. 또, 학술로는 황의동 교수님의 『조선의 직사(直士), 사암(思庵) 박순(朴淳)』의 평전이 선정되었습니다.

그동안 장애 · 비장애 문화예술이 대전을 구심점으로 전국을 조망하는 작업이 없음에도 불구하고 대전광역시 · 대전문화재단 · 전문예술단체 〈장애인인식개선오늘〉의 노력이 많은 성과를 냈습니다. 중증장애인 문인 135명 선정, 93종 93,000권 발행을 하게 되었습니다. 이것은 단순히 수량과 수치가 아닌 대전광역시, (재)대전문화재단과 〈장애인인식개선오늘〉의 희생과 노고에 의해 지속성 답보라는 거대한 담론을 완성한 것입니다.

또, 시인들의 시를 50종 이상을 다양한 장르의 곡으로 작곡하였습니다. 그에 따른 성과로 대한민국 장애인문화예술 대상에서 전체 부문 최우수상 국무총리 표창 2회,

문학 부문 대상 문화체육관광부 장관 표창 2회, 공로 육성 부문의 헌법재판소장 표창 등의 정부표창의 해당 부처의 공적 검증도 이루어졌습니다. 그동안 세종도서 문학나눔 우수도서, 중소출판 제작지원 선정, 우수 출판콘텐츠 등에도 주기적으로 선정되었습니다. 이는 단체 운영의 지속가능성을 보여주는 대표적 성과입니다.

이러한 노력이 장애인 창작지원, 출판, 공연, 음원 제작, 전국 확산 정책에 이르기까지의 여정으로 지역 문화 발전에 기여하고 장애인 인식개선 확산에 포용적 문화 기반의 효능감이 확산하기를 바랍니다.

2025년 12월
전문예술단체 〈장애인인식개선오늘〉
대표 **박재홍**

나의 고단한 삶이 가족에 있고 내 힘이 미약하여 하나
님께 의존하였으니 그나마 자식과 자손을 지킬 수 있다
고 생각하지만 각기 다른 속에서 무슨 말을 할지 모릅니
다. 배움의 길이로 보지 마시고 우리가 닮은 생을 가진
인간으로 읽어 주시기를 바랍니다.

2025년 12월
한동심

제3부

제1부

제1부

편지

하늘에서 만나요
그리운 사랑

홀로 소리내어 앓고 있는데
듣는 사람은 없고
늙고 병든 곁은
아무도 없네요

무얼 그리 조급해
나만 두고 간
당신이
어렴풋하게
생각나면

주고받던
달큼한 사랑도
떠올리지요

그런들 당신 없는 나에게
무슨 소망이 있겠어요

비설거지 하듯이
나도 정리를
하려는데
아프지 않은 곳이
없으니

당신 향해 서둘러 가고
싶은 마음만
간절해요

일기

설렁탕 한 그릇에 허둥지둥했다 활동지원사 교육이
40시간 중에서 4시간을 빠지면 이수를 인정하지 못한다
고 한다고 병원 결과를 보러 가는데 두려운 마음을 기댈
곳이 없어서 목사님의 도움을 받아 진료를 기다리는 내
내 냉온탕을 오갔다 내시경 검사를 하며 들은 식도암 아
니라 식도염으로 통보를 받고 두 달치 처방을 받고 약을
타는데 3일 동안의 캄캄한 시간이 떠올랐다 얼마나 감사
한지 어떻게 살아야 이 은혜를 갚을지 목사님의 도움 때
문인가 누구에게 묻지도 못하고 있다

배움

허망하다 하기에 아직 여운이 길다 그냥 그저 지나치
며 들은 얘기들이 말하던 이들의 나이가 되었다 이제라
도 못하다 한 배움의 원을 다하고 싶었는데 평생 따라다
니던 가난이 이제는 좀 괜찮나 싶으니 호호백발이 되었
다 설움도 허전함도 막막함도 모두 두고 가고 싶은데 우
리 영방이가 보이네

흘러간 세월

한 폭의 그림 같은 꿈을 버리지 않으면 소박하고 순진한 여인의 삶도 60을 넘겨도 희망은 있다 마사지도 받고 싶고 비싼 화장품도 사고 싶고 나름 미모에 대한 자부심도 있지만 농사도 지어본 사람만 짓는다고 갸우뚱하며 웃고 만다 등뼈가 굽은 내 모습 거울을 향해 서면 주름지고 그늘진 얼굴에 무슨 말을 할 수 있을지 말문을 잃고 말았다가 인생은 60부터라는데 다시 한번 생각하고 최선을 다해 살아봐야 겠다

허무

아버지와 아들이 병중에 계시다 떠나고 생전 죽지 않고 살 줄만 알았던 오직 아들만을 위해 일만 하시던 엄마의 가시는 길이 너무 애달파 후회하며 인생 덧없음을 나는 깨우쳤지

텅 빈집만 남아서 오직 아들을 위하여 청춘을 불살라 헌신하며 살아온 인생 80 노모 굽은 허리에 거동도 어려운데 빈집을 지키며 시골에 혼자 계시네

재롱잔치

남은 아비와 두 손녀를 지키며 재롱잔치를 하는데 애
둘 두고 집을 나간 며느릴 생각한다 이리도 맑고 예쁜 데
보기도 아까운데 차오른 눈물을 막을 수가 없었다 이제
6월이면 이곳을 버리고 대전으로 떠난다

사랑하는 은수에게

불같이 뜨거운 햇살이 여름의 중턱을 넘었다 가을의 기미를 느끼며 잘 견디며 자라주어 고맙다 아빠도 많이 나아간다 병원도 3개월마다 다니고 있고 할머니는 모두 다 보고 싶어도 견딘다 나름 할머니도 할 일이 있기 때문이지 너희들도 너희 할 일을 위해 최선을 다해 잘 살아야 한다고 그럼 추석에 할머니와 아빠가 갈테니 건강해야 한다

소풍

울퉁불퉁한 바위틈 새의 가는 물줄기가 벼랑 끝에 서
면 벼락같은 소리를 낸다 폭포수가 내려와 너럭바위에
홈을 만들고 세월만큼 커다란 연못을 이루기도 한다 주
변에 나무가 만든 그늘에 앉아 물에 발을 담그기도 하고
산새 소리와 풀벌레 소리에 하루 행복했던 하루치의 쉼

은수 엄마에게

그리도 좋아하던 아내를 보던 아들의 눈길이 네가 떠
난 지금도 변함이 없다 매일 새사람이 되어 행복하기를
바라지만 은수와 은성이를 보면 가슴이 아프다 목련 한
그루에 정성을 쏟아 깊은 사랑을 느꼈는데 떠난 자리에
홀로 남아 시들어 버렸네 지적장애 3급의 남편은 철모르
는 철새처럼 나뭇가지에 앉아 하염없이 기다리는데 떠났
어도 잘 살기를 바라는 마음이 아프다

아들아

무엇을 아는지 모르는지 네가 무슨 생각을 하는지 궁
금하여 답답하다 밤낮 하는 말이 은수, 은성이 데려다가
키우자고 하는데 너를 달래다 시달리다 별별 웃음거리를
다하고 살지만 그래도 엄마는 네가 곁에 있어 행복하다
사랑하는 아이들, 부족한 아들과 영특한 두 손녀를 바라
보며 희비가 엇갈리고 그래도 감사의 이유는 백 가지도
넘는다

기도

언제일까
오늘일까
내일일까

내 아들의 장애에 기적이
임할 날이

말씀에 죽은 자가
살아나고
앉은뱅이가
걸어가고
간 환자도
고침을
받고
귀신을
쫓아낸
기적의
날

나는 이런 하나님을
믿는다

때가 언제인지
모르지만

늘
기도해야지

목장 예배

수요일에 드리는 예배의 알림을 받고 모든 것이 쓰는 것이 법이라고 했다 인생이 저물어 가는데 한없이 그리운 사람들을 두고 사랑하는 사람들도 다 내려놓고 그분 앞에 맡겨야 한다는데 함께 안고 가고 싶어 홀로 안달하는데 어리석고 부질없는 것을 아는데 이 어리석음으로 한 번 사는 눈물 뿐이며 기도하는데 정말 미련하구나

하루

새벽예배 드리고 자지 않고 일찍 아침을 먹고 좋은 친구 집이라는 복지관을 가기로 했다 목사님은 11시에 다녀가시고 가정에서 개인이 정부 지원을 받아 운영하는 곳이라고 했다 전에 다니던 교회의 안수집사 출신이 자격증반을 운영한다는데 일자리는 그 후라고 한다 필요한 서류를 들고 목사님 모시고 점심을 같이하고 아들 영방이와 같이 이렇게 헛일 참일하며 오후 늦도록 다니는데 벌써 예배 시간이 되어 버스를 타야 한다 교회 가려면 허기를 면해야 하고 순대 3,000원어치 사 먹고 교회를 향했다 그런데도 감사기도를 드렸다

인생

사람이 무엇이길래 이다지도 변덕이 많을까
어떤 때는 즐겁다가 슬프다가 외롭다가
빈부를 겪다가 다시 가난해지고
사랑하다 미워하고 아프다가 건강하다
사람들과 엮여서 여기저기
걸어놓은 삶이 만져보고 가다가다 지치고
힘들어질 때 다시 돌아와
만져볼 수 없을까

지나간 나의 생을
다시 만져라도
보고 싶네

걱정

은수 은성이가
사모님이
주신
드레스를 입고
유치원에
간다

너무 좋아하는데
새 옷 같다

등록 예배 겸 해서
점심 준비를
떡국을 했다

딸기 철이 아닌데
딸기를 준비했다

배탈이 날까봐

절제하는데
자꾸
건강이
신경이 쓰인다

아이들 때문인가

소원

살아계셔서 역사하시는 하나님은
저의 기도를 다 들어주시니
감사합니다

이것이 세상 사는 법인가
함께 산다는 것이
이렇게 귀하고 소중한 것이
가족이었나

함께 키우며 산다는 것이 그냥
그저 산 것이 아님을
깨달았다

장애가 있는 오빠를 대신해
조카를 보내고 살아온
날들이 얼마나 길었나

아들이 새끼를 데려와

살게 해달라고
생떼를 들어주기가
싫지 않았다

함께 지지고 볶는데
날마다 하는 기도가
90까지만 살게
해주세요

우리 은성이 은수
클 때까지만
시간을 주세요

제2부

제2부

아들

오늘도 답답하여 혼자 가까운 산에 가선 멍하니 먼 산
을 바라본다
　언제나 느끼는 것이지만 자연은 아름답다 바라보면 바
라볼수록
　모자란 나의 모든 점이 한없이 아쉬웠다

어찌하겠는가 배운 것 없고 보고 느끼는 것 없고
먹고 살기에만 급급해서 정말 무엇하나 제대로
갖춰가며 살지도 못하고 발버둥을 치며 살다 보니
오십에서 육십을 바라본다

이제라도 사람같이 살아 보겠다고 다짐하지만
늘 걸리는 것은 아들 하나

아들과 딸

나는, 엄마가 아들과 딸을 구별하며
사랑 한 번 주지 않고
일만 일만 부려먹던
일들이 내 속에
파묻혀 버려서 지금도
그 시절을 떠올리면
생각조차 하기 싫다

내가, 딸을 낳아 길러보아도 그렇게 구별했던
엄마의 속마음을 알 수가 없다

지금이라도 엄마가 우리에게 너무했다고
말하고 싶지만 그때는 세상이 그랬어
하고 넘기게 보고 싶다

공부

세월유수(歲月流水)라는데 내 앞에 턱 하니 와 있네 배
우지 못한 탓인지 미련한 탓인지 속으로만 낭만적이고
생각으로만 담아두어 고생하고 부부간에도 속삭임보다
마음속으로만 삼키던 사랑이 60의 덧없는 시절은 어디
로 갔는지

아들을 위해 70줄에서 장애인활동지원사 서비스교육
을 받고 있다 사랑도 더디고 모든 것이 더딘 지금 돌아보
면 후회뿐이지만 나 죽으면 우리 아들도 남은 삶을 견딜
훈련이 필요해서 막막한 마음으로 데리고 같이 배운다

돈

　남편이 장애인인데 그 머나먼 베트남에서 그 어린 나이에 묻지도 따지지도 않고 결혼하러 왔다 친정 도와주고 자식 낳고 살다 보면 정으로 살겠거니 하고 믿은 것이 나의 불찰이었다

　한국 국적이 나오자 이리저리 뜯기고 나니 떠났다 덩그러니 남은 손녀 둘이 축복이었고 선물이었다 나 없어도 살면서 아들은 외로움이 덜하겠지

사랑

인생은 기다리는 것인가 속고 살면서 이렇게 기다리다 지치면 하늘나라 가는가 되묻지만 답이 없으니 속고 기다리는 것이 지체 3급 장애인 아들 일자리 기다리다 세월만 가겠네 아들을 바라볼 때마다 모자의 인생 말로 표현할 수 없으니 자기 자식 지척에 두고 못 보니 안달하는데 데려오기로 마음을 정하였다 그리 좋아서 밥을 잘 먹으니 좋다

토요일

오늘은 무슨 말이 있겠지 생각을 하고 출근을 했다 아침에 예지 아빠 말을 돌려 하는데 나도 잘되었다 아이들 볼 사람 있으면 될 거라고 했는데 오늘 영현이를 예지와 함께 보면서 많은 생각을 했다

이러한 세상에서 영방이가 어떻게 살아갈지 나만 생각하는 세상 그래야만 살아가는 세상에 하나님이 보호해 주실까 부산한 마음에 선생님이 오셔서 내의를 사고 봉투에 돈도 담아주면서 배운 사람이라 말도 돌려서 잘도 한다

나도 태연스럽게 받아 집을 나왔다 해도 단 며칠이지만 우리 손녀를 보기 위하여 직장을 포기한다는 것은 후회가 없다 눈치 안 보며 우리 영현이를 볼 것이니 좋다

영실이 보아라

엄마가 주책이지 세대차라고 말로 하자니 그렇고 안 하자니 그런 것이 있다 속사정이야 제각기 있으니 한 부모는 열 자식을 봐도 열 자식은 한 부모를 보지 못하니 너도 내 나이 되어 알 것이니 가르칠 것도 없다 철들자 죽는다고 하는데 좋았던 일들이 떠오른다

영중이 사고로 집안이 쑥대밭이 되기까지 세월이 너희 보는 재미를 주었구나 영방이 때문에 아들 하나 더 보라고 해도 두 딸을 아들처럼 기르고 살겠다고 하셨지 영실이 과학기술원 합격하고 영선이 전문대 가고 영방이 건강하니 그 또한 감사할 일이다

너는 아빠의 희망이었고 나에게는 자랑이었으니 너는 그런 가족이 얼마나 힘들었겠니 이제는 기대나 바라기보다는 너의 행복을 바란다 너도 가족이 있으니 내리사랑을 줄 것이고 그래도 아빠는 잊지 말거라 하늘에서도 너를 지킬 것이니 영선이 첫 월급에 기뻐하는 모습이 왔다 가던 돈이어도 그때가 살아생전 처음으로 즐거워하던

모습이 선하다 이제는 더도 덜도 말고 너의 행복이 가득
하길 엄마는 바란다

절망

영중이를 잃고 나서 내 삶은 끝났다
이성을 잃고 보이는 사진마다
찢고 불태웠으나 세월이 흘러
사진이라도 보고 싶으니

대전에 영방이 재활원에 다니고
영실도 함께 살 때였지
영실이 앨범에서 영중이가 나왔다

떨리는 마음이 그 당시로
나를 되돌려놓고

몇 년이 지나고서야
다시는 영중이 사진에
울지 않기로 해놓고

생각 끝에 복사해서
사진을 품어 보았지만

가슴에 묻은 자식이
녹아내리고

생명이 끝나는 날까지
기도로 품어 낼 것이라
다짐하였다

못

누구나 다 그럴 것이다

재미없는 삶을, 물불을 안 가리고
누구나 다 그럴까를 되물으며

자식을 잘못 둔 죄로 차라리
아들을 낳지 않았더라면

하늘에 머무는
아들이 문득문득
생각이 나면
시신이라도 반가울 텐데

밤마다 영방일 지키며
함께 있어도 너무
가슴이 아프니

누구나 다 그럴 것이다

그것이 내가 견뎌야 하는
몫이라고 그럴 것이다

가치관

말로는 많이 해 보았다 우물거리며
행복하냐고 물었지만 그건
오래전의 일 나에게는 없는
지워진 기억이었다

행복한 척 살아온 것은
요즘 따라 더더욱이
산다는 것이 너무
흔들린다

살기에 급급하고 힘들고
고통스러운 하루가
가족을 위해서라면
당연한 희생이라고
여기며 살아왔는데

나이 먹은 만큼 돌이켜 보며
되묻지만 진정 사랑하는

마음이 있었나 하고
되묻고 만다

맑다 흐림

비가 조금 더 와야 하는데 하고 돌아서는데 어제 너무 속이 상해 죽고 싶었지만, 죽는 것도 보통 사람은 뜻대로 되지 않네 늦게 들어와 도둑처럼 내리는 빗소리 젖어 깊게 잠이 들었다가 아침에 이불 빨래를 하고 청소를 마치니 영방이랑 아빠가 옥수수, 포도, 반찬거리를 한아름 사오니 저녁은 사부인까지 모시고 다들 가고 나니 일기를 쓰면서 드는 생각이 왜 참지 못했을까 나만 참으면 되는데

기도의 힘

    속담 한 대목에 웃음이 난다 동냥은 못 줄망정 쪽박은 깨지 말라고 하는 거다 제사를 자기들 좋자고 마음대로 가져갔다 모시고 가며 남의 가슴에 대못을 박는 일도 서슴지 않더니 이제는 제사를 물리고 주라는 억지에 정말 지홍엄마가 제사 지내는 땅을 주라 했을까 싶다 그냥 어머님 수단인가 옛날 일이 생각나니 등골이 오싹했다 기도는 나의 힘이니 힘을 낼 수밖에

금요일

아무것도 아닌 일에 큰 싸움을 했다 너무도 야속하고
흥분된 터라 남부끄러운 줄 모르고 부부싸움을 했다고
생각해 보니 너무 저질로 싸웠다 이러한 상황을 어떻게
하면 벗어날 수 있을까를 생각했다 참자 또 참자 더 낮아
지자 했는데 무시당하면 어떠냐, 한세상 지나는데 잘 견
디어 마무리 인생 잘 살면 되지 하고 힘을 냈다

기도

일요일 예배의 바늘과 실은
나와 영방이다

10시쯤 아침을 먹고 서둘러야
교회가기 빠듯했다

잠을 멀리하면 하루 종일
비실비실 견디기 어렵고

잠의 필요성은 말할
필요가 없다

돈 벌어야 하는 것
저녁 예배를 못 드리는
이유가 되니

기도는 핑계가 된다

편식

마음먹은 장엘 가겠다고 서둘러 일어나
장을 보는데 조목조목 적은 것을
들여다보며 하는 궁리가
돈이 물 같다는 생각이 든다

가슴 한쪽에 영방이 뿐이다
웃는 모습 보려고 먹을 것도
영방이 좋아하는 것을 고른다

편식에 국도 김치도 먹지 않아
다른 찬이 없으면
밥도 먹지 않아 비위 맞추기
궁색하다

제3부

제3부

봉사

금요일 새벽부터 기도하러 다니기 시작했다
직분에 사명을 얹어 기도를 드리면
영육이 단단해질 것이라고 믿었다

영방이 보내놓고 한숨 자고 일어나 준비하고
전도도 배가 고프면 할 수 없다는 것을 알았다

그런데도 봉사할 수 있는 여력을
주셔서 감사하다

금식

마음을 정돈하고 더욱더 간절해지면
통성이 잦아드는 새벽기도회

한 끼라도 금식을 해볼까

옆집 일 거들어 주느라 늦었다
영방이 밥을 차려주고
교회에 가려다 금식은
고구마 한 개에 졌다

직장

날마다 사는 것이 조바심이다 비가와도
심방하느냐고 묻는데

사람 사는 게 비슷비슷하고 빈부가
인생에 별 의미는 없지만
불편하기는 하겠다 싶은데

25년을 생활 능력이 없는 남편과
아이 셋을 둔 남부럽지 않은
보험설계사를 보고 생각이 많다

영방이는 배운 데가 없어
막일하고 오면 가슴이
찢어질 텐데 돈 버는 재미는
그게 아닐 것인데
이놈의 허리가 또
신호를 보낸다

파마

약을 타러 서둘러 대전에 갔다 영실이가 보러 온다고 하는데 바쁜 사람 번거로울까 봐 그만두라고 했다 마음 한쪽 편에는 보고 싶은 마음이 굴뚝 같았다 돌아가신 부모님 생각에 기분을 바꾸러 미장원에 들렀다

허무

빨래하고 집안일을 서너 가지 하고 나면 한나절이다 직장을 얘기하는데 밤에 출근하는 일이라 써주는 마음이 고마웠다 오후에 주인아줌마와 밭에서 이런저런 얘기를 하며 보냈다 산다는 것은 부질없는 것임을 알면서도 그렇게 살고 있다 검정콩이랑 선돈부도 담아줘서 가지고 왔는데 영방이는 아직이다 영방이가 응원하는 해태 타이거즈가 이겼단다 곧 오겠지 싶었다

선잠

남편이 어머니 생신 때 올라와 일주일을 살다 갔다 있
는 동안 왜 답답한지는 모르지만 숨이 막혔다 직장을 알
아보려고 갔더니 차편이 맞지 않아 돌아왔다 영방이를
생각하면 뭐든 해야 하는데 세상일이 마음 같지 않다

돈이 원수

진도를 떠나 타향에 정이 들면 그곳이 고향이라는데 대전이 정들 때쯤 청주 미호로 이사를 하였다 급한 마음에 큰방 하나에 계약하고 아들과 나는 괜찮은데 영감이 오면 걱정이다 아들은 좋아할 수도 있겠다 싶지만 돈이 원수다

출근차

우리 세 식구 이삿날에 청석이 아저씨가 청주로 이사를 왔다 영방이가 짐을 나르는 동안 아무런 말도 하지 않았다 영방이도 작은아버지가 어려운가보다 일단은 영방이에게 일자리를 주니 고맙고 미호에 차편이 있어 영방이는 출근 차량을 좋아한다

맑은 뒤에 비

남의 식구를 초대하기가 어렵다고 하는 일 없이 하루
가 지나갔다 예강 아빠도 오셔서 저녁을 하고 친인척들
이 함께하고 있는데 영방 아빠가 마산에서 늦게 돌아왔
다 밀린 차 애기로 수런거렸고 밀린 성경 공부에 일하는
것보다 마음이 힘들다

가계부

아버님 기일을 챙겨야 하는데 사정이 생겼다 마음대로
할 수 없는 것이 인간사 장을 보다 돈이 다 떨어졌다 허
리는 아프고 교회를 향하는 걸음이 무겁다 기도는 말문
을 막혔고 허둥지둥 돌아와 가계부를 적는데 6만 원을
썼구나

목요일은 맑음

오후에 학원을 갔는데 산수 과목에 분수를 배웠다 몇 시간을 궁리 끝에 겨우 알게 되어 집으로 돌아왔다 공부가 이렇게 어려울 수가 없다 산수를 생각하면 눈이 캄캄하다 나도 모르는 것이 많아 고민인데 일기 쓰던 영방이가 쓰던 것을 가져오고 있다

수요일 새벽예배

아이를 깨우다 내가 늦을 것 같아 포기하고 새벽기도
를 하기 위해 집을 나섰다 날마다 간다는 것도 어른인 나
도 어려운데 아이에게 바라는 것은 욕심이다 믿음이 생
긴다면 몰라도 응답하지 않겠지만 답을 바란다

나만 잘하면 돼

천둥번개 소리에 새벽기도 가는 것을 미뤘다 영방이는
언어치료를 위해 가는 날인데 수업을 따라가는 아이가
제법 말을 잘하고 머리도 깎고 이도 닦고 청결하기까지
아주 좋아졌다 나도 학원을 향해 가는 내내 오늘은 분수
를 잘해야 할 텐데 하며 두런거리고 있었다 나만 잘하면
된다는 생각이다

영실이 아빠 서울 가는 날

그 사람 다리가 안 나은 모양인지 치료하러 서울을 갔
다 오늘도 나는 학원에서 나누고 곱하는 게 일이었다 늦
게 배운 도둑질 날 새는지 모른다고 좋기도 하지만 너무
덥고 힘들어 집에서 하겠다고 책을 빌려오는데 영방이는
점심도 먹지 않고 잠이 들었다 싫은 소리를 하는데 다짐
했던 마음의 약속이 무너졌다

멈췄다 다시 비

장마가 길어 후덥지근한 오후다 교회도 더운데 선풍기
도 없었는데 달았나 보다 틈만 나면 공부하는데 진척이
없고 기억력이 달리고 이해력이 부족해 너무 힘이 든다
배우는 것마다 재미가 있는데 멈췄던 비가 또 오고 있다

제4부

병증

몸이 천근인데 새벽기도를 갔다 예배 후에 돌아오는데
장대비가 내리고 밥을 지어 먹고 나니 몸을 주체하기 어
려웠다 병이 깊어졌음을 느꼈다 저녁이 되자 영선이가
아빠 손에 월급봉투를 건네고 있다

원점

오늘은 영현이를 보았다 그 후로 할머니가 오셨고 너무 늦어 못 갔다고 말하며 영현이가 녹두를 삶아서 걸러 죽을 쑤어 먹었다가 몸이 늘 심 날 심이 없고 너무나 시들 품해도 그냥 차를 탔다 차에서 얼마나 잠이 들었던지 충남대 앞에서 깜짝 놀라 시계를 보니 오후 3시 30분이다 얼마나 뺑뺑 돌아 다시 왔는지 모르겠다

저녁상

싸움은 항상 별일도 아닌 것으로 출발한다 구구절절 말은 하지 않았지만 남편이니 이해하리라 믿은 내가 잘못이다 내친김에 막 대들었다 맘대로 되는 것이 아닌 것이 마음 잠을 한숨 자고 났더니 다 잊어먹고 영실이가 사 온 고등어로 찬을 삼아 오순도순 저녁을 먹었다

점심

오늘은 목욕탕 가는 날이다 영방이 아빠는 몸살 기운이 있다고 교회를 가지 않고 영선이는 한 달 만에 쉬었다 교회 대신 시내를 가기 위해 그러는 것을 알지만 영방이와 나는 교회를 향했다 점심은 사위가 와서 같이 했다 함께 살지만 각기 마음이 향하는 곳이 다르다

남편

습관처럼 빨래를 삶는다 영방이는 받아쓰기를 좀 했고 한자로도 받아 쓸 수 있는 글자가 없다 숙제를 내주고 점심 먹고 나는 학원을 갔다 산수를 하는데 머리가 이상하다 묻기도 그렇고 가르쳐 주는 사람이 있으면 하는데 없다 그런 고민을 하는 중에 늦었다 남편의 표정이 안 좋다 살붙이고, 살아도 이해는 쉽지 않다

아르바이트

영방이 직장 문제로 발품을 팔았다 식당에서 영방을
채용한다고 한다 당사자도 이해시키기가 쉽지 않았지만
가겠다고 하여 목욕을 시키고 머리도 자르고 그사이 알
바생을 채용했단다

산수 공부

사부인이 교회에 가신다며 영현이를 보라고 해서 학원
을 빠졌다 할머니와 점심을 하고 아이들을 데려다주었더
니 다리가 아픈 모양이다 집에 돌아와 영방이를 살피고
학원을 향했다 수없이 반복을 한 산수는 아직도 나와는
친하지 않았다

공부는 나의 희망 교회는 나의 힘

기쁘고 슬픈 사람들을 보았다 자꾸 메스꺼움이 일어나
밖에 나가 아이스크림 4개를 사서 사무실에 가지고 가서
먹고 다시 공부를 시작했다 건강만 허락한다면 결단코
배워서 그 신비스러운 공부하고 싶은데 그 먼 거리를, 버
스를 타고 집에서 허둥지둥 밥을 해서 먹고 교회를 갔다

투표

드디어 선거날이다 동서 내외를 보내고 참 서운했다
사위가 태워다 역전에 모셔드리게 했다 많은 사람이 기
권했다 귀한 한 표를 포기하는 것을 이해하지 못하고 투
표를 했다 나는 투표를 좋아한다 대통령 표나 내 표나 똑
같은 한 표이기 때문이다

손님

직장이 없으면 심심해야 하는데도 할 일은 있다 공부
를 하기로 했다 학원을 가서 영어 단어를 외는데 기가 막
힌다 이래도 할 수 있을까 했지만 그래도 하겠다는 결심
을 했다 손님이 오신다는 소리에 집으로 돌아왔다 차려
내어놓은 것도 변변치 않은데 회사 가서 식사도 못했다.

주말 풍경

주일날은 느긋하게 기도에 시간을 보낸다 영방이는 손
이 아파 내가 머리를 감겨주었다 한복을 즐기는 나는 매
번 옷에 풀을 먹인다 영선이를 기다리는 시간은 너무 지
루하다 영방이 일기 쓰는 것을 도와주며 하품을 했다

근심

학원에 가는 날은 마음이 부풀어 오른다 한참을 기다
려도 선생님은 안 오셨다 늦게 오신 선생님이 이야기 좀
하자고 해서 들어보니 1층 아줌마가 자기 아이들과 시간
이 맞다고 그 아줌마가 봐줄 것이라고 그만 와도 된다는
얘기다 학원에 조금 받는 그 월급이 없으면 영방이 학원
비며 내 학원비가 걱정이었다 이윽고 걱정은 하나님께
맡기기로 했다

연속극

굽은 등이 또 아픈지 남편이 없으니 새벽예배 드리고
와서 누웠다 눈을 뜨니 7시다 그래도 네 자식은 먹어야
하니 밥을 지었다 이것이 정상 근무다 연속극 때문에 금
요 기도회를 지각을 했다 기도로 우리 영방이가 말 잘 듣
게 하는 방법을 묻기도 한다 그 시간이 지나면 맹세한 약
속도 노력도 다 물거품이니 살면 살수록 산다는 의미조
차 생각하기 싫은 날

가족

교회 가서 바로 운동하러 가는 영방이가 조금은 대견
스럽다 아버지가 영방이를 말 잘 들으라는 주의를 수도
없이 하며 데려가지만, 오늘 아침은 조금 조용하다 싶더
니 영선이와 시비로 속을 뒤집어 놓았다 장애를 가진 영
방이는 가족들에게서도 설자리가 없다

영방이 학원비 냄

새벽예배 마치고
그냥 왔다

진도 가는 남편의
김밥을 싸기
위해서다

정말 해낼 수 있을까
무슨 말도
못 알아
듣는
사람인데

한동심 시 세계의
일기적 서사와
정서 인지 구조

박재홍 | 시인 · 문학마당 주간

한동심 시 세계의 일기적 서사와 정서 인지 구조

박재홍 | 시인 · 문학마당 주간

1

한동심의 시집 『일기』는 정서 · 서사 · 신앙 · 가족의식의 구조를 가진 인지시학적 관점에서 바라보아야 한다. 그녀의 시는 자전적 기록과 일기적 장면을 통해 '삶의 감각'을 구성하고 있기 때문이다. 특히 시에서 보여주는 정서 조절을 위한 은유적 구조나 신앙의 메타프레임을 통한 의미의 재구성은 가족 중심의 인지스키마의 지속적 활성을 통해 고통을 언어화하거나 구조화하고 있다.

또, 시집의 서사적 진행이 단순한 일상의 기록의 의미를 넘어서 생존전략으로서의 인식을 하고 있으므로 한동심 시는 '정서 스키마(상실＝돌봄–감사)의 순환', '신앙의

개념은 은유를 통한 정서적 안정 장치', '일기적 서사구
조를 통한 자기서사화의 양상'을 통해 독자에게 강한 공
감적 정동을 유발한다. 이는 한동심 시 세계가 개인적 고
백을 넘어 고통·책임·신앙이 결합된 인지적 삶의 모델
을 제시한다는 점에서 의미가 있다.

　한사람의 생이 담긴 『일기』를 지금도 쓰고 있으며 고
향 진도를 떠나 객지를 떠돌며 대전에 정착하기까지 버
리질 못하고 쓰면서 울었던 눈물 자국이 배어 있고 콤콤
한 냄새가 날 정도로 지난한 삶이 얼룩져 있었다. 희망이
었던 자식을 가슴에 묻고 장애를 가진 아들과 딸들을 데
리고 살아온 삶도 모자라 이제는 늙고 병들어 장애를 가
진 아들의 딸 둘을 뒷바라지 하면서 살고 있으면서도
'풀꽃야학'에서 성인장애인 아들과 하는 문해공부와 교
회를 놓치 못하는 일상을 살고 있다.

　우리가 장애 시학, 자전적 시학, 신앙 시학 등의 관점
에서 이와 유사한 텍스트를 분석해 왔으나 인지시학의
관점에서 한동심 시를 분석한다는 것은 유의미하다. 그
러나 그녀의 시는 정서·지각·기억·신념·시간 구성
이라는 인지 구조를 명확하게 드러내기 때문에 인지시학
적 접근이 적합한 분석 틀을 제공한다.

　본 시집에서는 한동심 시집 전체를 아우르는 시적 대
상에 대해 정서구조(상실·돌봄·감사), 개념과 은유 및 스
키마 구조, 일기적 서사와 자기서사화, 신앙의 인지적 메

타프레임을 중심으로 시의 의미 형성 과정을 분석하고자
한다.

2

　인지시학은 문학 텍스트를 이해하는 과정을 뇌·기
억·정서·지각·구조 등 '마음의 과정'으로 설명한다.
이는 독자는 언어를 지각적·정서적·개념적 구조로 처
리하거나 텍스트를 특정한 인지적 경로로 유도한다. 그
래서 의미는 텍스트 내부가 아니라 독자의 인지 과정에
서 구성되는 것이다. 이러한 과점에서 그녀의 시의 세계
는 단순한 경험의 기록이 아니라 고통·불안·감사의 정
서를 인지적 도식 안에서 구조화 하고 의미화하는 정신
활동의 산물로 볼 수 있다.
　스키마(schema) sms 경험을 조직하는 인지적 구조다.
그녀의 시집에서 다음 세가지 스키마가 반복적으로 드러
난다. 여기서 '가족', '신앙', '생존' 등이 그녀의 시적 자
아가 세계를 해석하는 기본 틀이다. 가족은 자녀, 손녀,
배우자, 부모이며, 신앙은 하나님, 기도, 기적, 예배를 들
수 있다. 생존부분에서는 가난, 노동, 병, 출근, 이동에
관한 서사를 말한다.
　마크존슨과 조지레이코프가 말하는 은유는 감정·경

험을 이해 가능하게 만드는 개념적 사유 구조이다. 한동심의 시집의 곳곳에 드러나는 은유는 '삶=길, 짐', '고통=날씨', '신앙=힘·빛·기다림', '가난=빈 공간' 등을 예로 들 수 있다. 터너와 브루너의 내러티브 인지 접근에 따르면, '일기적 서사'는 삶을 하루 단위로 분절하고 의미화하는 '자기서사화 장치다'라고 하는 것처럼 그녀의 시의 서사는 이 자기서사화를 통해 고통을 조각내어 다루기 가능한 의미 단위로 변환하고 있다.

그녀의 시 몇편을 살펴보면 「편지」 중 '하늘에서 만나요'는 죽음을 공간적 이동으로 인식하는 은유로 상실된 배우자를 불러내는 정서로 추억-재구성의 스키마가 작동한다. 또, '비설거지'는 감정 정리를 '가사 노동' 스크립트로 구조화하며 정서 조절에 필요한 시적 전략이다. 「일기」는 병원에서의 검진과정이 불확실성 스키마를 발동한다. 이는 암일 수 있다는 공포를 말한다. 그러나 시인은 진단 후 '식도염'이라는 결과로 감정의 인지를 재평가 하는 기능을 하고 있다. 이럴 때 감사는 위기의식을 '신앙 스키마'로 재정렬하는 방식을 택한다. 「배움」에서도 '이제라도 배우고 싶었다'는 시간=길 은유에서는 생애 주기를 나타내는데 나이와 가난을 인생의 장애물로 인지→노년 인지의 틀을 형성하고 있음을 알 수 있다. 「흘러간 세월」에서 보여주는 자아 이미지의 시지각적 구성은 거울속의 자신을 '주름지고 그늘진 얼굴'로 인지→

시각적 자기-지각 스키마로 '인생은 60부터'라는 사회적 담론을 내부 인지틀로 흡수하는 것도 보여준다. 그 외에도 결핍을 공간화하거나 동시에 '떠난 며느리'의 기억이 떠오르며 부정 정동이 중첩되는 정서적 갈등 구조도 보인다. 떠난 며느리를 나무와 연결하여 생태적 은유, "무엇을 아는지 모르는지" 하며 아들에 대한 마음의 불투명성→마음 이론의 실패가 시적 화자의 정신적 불투명성으로 나타나는 모습은 신산한 그녀의 삶이 짐작이 간다.

3

죽은 아들 영중이의 기억, 장애를 가진 아들과 손주를 버리고 떠난 며느리, 병든 남편, 자신의 몸도 불편한데 장애를 가진 아들까지 책임져야 하는 경제적 불안은 시인에게 지속적인 상실 감각을 안겨준다. 그녀의 시 구절 중에서 "영중이를 잃고 나서 내 삶은 끝났다", "텅 빈 집만 남아서…" 등은 상실은 단일 감정이 아니라 지속적 정서 배경으로 기능함을 나타낸다. 장애가 있는 아들 영방이와 청소년기의 두 손녀는 시적 자아의 정서적 에너지를 집중시키는 핵심 대상으로 보여진다. '돌봄'은 시인의 정체성을 구성하는 주요 인지적 역할을 한다.

이러한 삶을 직면한 그녀는 상실과 돌봄이 만들어내는 정서적 긴장을 감사-신앙의 언어로 조절하는 것이다. 예를 들어 "기도는 나의 힘이다", "감사합니다"라는 정서는 부정적 감정을 '인지적 재평가'로 변환시키는 하나의 전략으로 작용한다. 즉, 고통을 체계적 구조화를 살펴보면 "삶=길/짐"은 "걸어 놓은 삶이"이거나 "짐을 나르는 동안"의 구절을 보면 삶은 운반·이동의 구조로 이해되고 이는 시간적·물리적 노고를 감각적으로 조직함을 알 수 있다. 그에 비해 '고통=날씨'로 표현되는데 "맑다 흐림", '멈췄다 다시 비"라는 시 제목을 보면 정서를 기상 현상으로 전환하여 비가역적 감정을 자연 현상처럼 받아들이는 인지적 사고를 하고 있다. 또, '신앙=힘/기다림/시간의 주권' 등은 "기도의 힘"이라든지 "때가 언제인지 모르지만" 등에서 그녀의 신앙은 고통을 견디는 인지적 메타프레임으로 세계를 재조직하고 있음을 알 수 있다.

일기적 서사가 자기서사화의 인지구조를 만들어가는 과정에서 일상에서의 에피소드 단위의 서사 구절도 보인다. 이는 한동심의 시가 거의 모든 텍스트를 하루 단위로 이루어지고 있는 일기적 특성을 가지고 있기 때문이다. "금요일", "토요일", "목요일은 맑음", "수요일 새벽예배" 등은 고통을 시간적으로 분절하여 관리하는 것은 성실함에서 비롯된다. 우리는 이것을 시인의 사건을 평가

하기 보다, 감각-감정-사건을 연속적으로 적어내려가고 이는 독자로 하여금 시인의 지각적 시점을 그대로 체험하게 하는 데 이를 인지적 '현장 서사'라고 할 수 있다. 시인의 시적 자아는 일상을 언어화함으로써 자신의 정체성을 반복적으로 구성한다. 예를 들면 "나만 잘하면 돼", "이제라도 사람같이 살아보겠다"라는 등의 언술은 자기 규정의 반복이며, 정체성의 서사적 구성 행위이다. 또한 그녀에게 신앙은 절대적이다. 이러한 기반의 신앙의 인지적 메타프레임은 고통을 재구조화 하거나 신앙 언어의 정서적 조절기능을 한다. 그녀의 신앙은 고통을 '의미 있는 사건'으로 변화하는 틀이다. "기적의 날이 올 것이다"라는 프레임은 고통-불안-상실을 희망-기다림-감사로 치환하기 때문이다. 기도는 정서적 불안의 '언어 조절' 장치라면 기도 행위 자체가 정서를 안정시키는 인지적 루틴으로 기능을 한다.

　한동심의 시집을 인지시학적 관점에서 살펴보면 그녀의 시가 단순한 자전적 기록이나 일상 서술이 아니라 정서·시간·신앙·가족의식을 조직하는 인지적 구조화의 장치임을 확인할 수 있다. 그녀의 시의 중심에는 상실-돌봄 감사의 정서 스키마가 순환적으로 작동한다. 삶·고통·가난·신앙을 설명하는 개념 은유는 고통을 이해 가능한 구조로 전환한다. 일기적 서사를 통해 고통의 총

량을 '하루'라는 단위로 분절하며, 이는 강력한 생족적 인지 전략으로 치환한다. 신앙은 시집 전체의 해석 구조를 제공하는 메타프레임으로 정서를 균형있게 하고 자기의 저하된 정체성을 회복하는 기능이 있다. 결과적으로 한동심의 시는 '고통을 이해하고 견디기 위한 마음의 구조'를 가장 직접적으로 드러낸 텍스트이며, 시인의 삶과 시 세계를 이해하는데 인지시학은 텍스트의 의미 형성 과정을 설명하는 최적의 분석의 틀임을 확인할 수 있었다.

시는 삶의 깊은 상실과 고통을 환기하면서도 극단적 정서의 폭발이나 미학적 조탁보다는 삶을 기록하고 견디기 위한 인지적 행위로 기능한다는 점에서 한동심 시인의 시가 귀한 이유일 것이다. 그러한 점에서 이 시집은 일상적인 언어, 반복적 서사구조, 신앙적 언표, 경제적 생존의 현실 등이 거의 '날 것'의 형태로 등장하지만 단순한 현실 묘사를 넘어 정서적 인지적 처리 과정이 문학적으로 표출되는 고유한 방식이 존재함을 느낄 수 있다. 모쪼록 이러한 노력이 그녀의 삶에 작은 희망이 되기를 바란다.

2025 장애인 창작집 발간지원 사업 선정 작품집

일기

1쇄 발행일 | 2025년 12월 15일

지은이 | 한동심
펴낸이 | 정화숙
펴낸곳 | 개미

출판등록 | 제313 – 2001 – 61호 1992. 2. 18
주소 | (04175) 서울시 마포구 마포대로 12, B-103호(마포동, 한신빌딩)
전화 | (02)704 – 2546
팩스 | (02)714 – 2365
E-mail | lily12140@hanmail.net

ⓒ 한동심, 2025
ISBN 979 – 11 – 24204 – 01 – 6 03810

값 10,000원

발행기관 | 장애인인식개선오늘 **(042)826-6042**
주최 | 장애인인식개선오늘(고유번호 305-80-25363. 대표 박재홍)
주관 | 대한민국 장애인 창작집필실
심사 | 발간지원 사업 심사위원회
후원 | 대전광역시, 대전문화재단, 갤러리예향좋은친구들, 문학마당, 한국장애인
      문화네트워크, 드림장애인인권센터, (주)맥키스컴퍼니, (주)삼진정밀

문의 | (042)826-6042